Cuentos de Andersen

Títulos originales
Die Schneekönigin
Der standhafte Zinnsoldat
Der Schweinehirt

Traducción
Guillermo Raebel

© Bilder: Verlag Detskaja Literatura, Moskau 1986
Verlag J. F. Schreiber GmbH, Postfach 285,
7300 Esslingen, Germany
EDITORIAL EVEREST, S. A.
Carretera León-La Coruña, km 5 - LEÓN
ISBN: 84-241-5789-3
Depósito legal: LE. 1004-1992
Printed in Spain - Impreso en España

EDITORIAL EVERGRÁFICAS, S. A.
Carretera León-La Coruña, km 5
LEÓN (España)

COLECCIÓN CASCANUECES

Cuentos de Andersen

Ilustrados por A. Archipowa

EDITORIAL EVEREST, S. A.

MADRID • LEON • BARCELONA • SEVILLA • GRANADA • VALENCIA
ZARAGOZA • LAS PALMAS DE GRAN CANARIA • LA CORUÑA
PALMA DE MALLORCA • ALICANTE – MEXICO • BUENOS AIRES

Nació en Odense, isla de Fionia (Dinamarca), en 1805. Vivió inmerso, desde su niñez, en un mundo interior poblado de sueños e imágenes fantásticas. Sólo a regañadientes jugaba con los demás niños, prefería acudir a la tertulia de las hilanderas, para sentarse al lado de aquellas mujeres pobres y viejas; allí podía hablar, allí se le consideraba un niño singularmente «inteligente», y allí escuchó los primeros cuentos. Alimentaban su fantasía, tanto las historias que narraban aquellas mujeres, como las curiosas figuras de madera que para él tallaba con cariño su abuelo. Sobre su vida, él mismo escribe: «Muchas veces estaba yo completamente a solas con mis pensamientos y sueños, como si el mundo real no existiese». En su casa podía jugar con los juguetes que su padre, el zapatero, construía para él. Y relata: «Poseía unas figuras que podían transformarse con sólo tirar de un alambre sujeto a ellas, y también un catalejo y unas graciosas muñecas móviles que bailaban. Pero lo que me complacía, realmente, era hacerles vestidos a las muñecas, además de sentarme en el patio a la sombra del único arbusto de uva crespa de San Pedro que había, y extender sobre mi cabeza el delantal de mi madre con la ayuda de un palo de escoba y la pared de la casa». Pero también conoció un «mundo real» exterior: la Naturaleza, a la que observó detenidamente, en especial sus constantes cambios a lo largo del año, y fueron estas observaciones las que sugirieron a Andersen sus cuentos más hermosos y entrañables. «Si con-

templamos con ojos de poeta la vida en la Naturaleza, percibiremos revelaciones suyas, que bien podríamos calificar de poesía del azar, y nos impregnaremos de ellas».

Y así fue como Andersen empezó a narrar, a escribir sobre sus muchos viajes, las historias que había vivido y escuchado por esos caminos, y las imágenes que habían ido surgiendo en su mundo interior. Los manzanos en flor, el oloroso saúco y el joven y feo patito, todo fue amalgamándose hasta crear una unidad armónica y perfecta, y convertirse en lo que él, con cariño, denominaba «El cuento de mi vida».

Famosos se hicieron aquellos cuentos cuyo arcano y fina ironía eran un fiel trasunto de la vida y del alma humanas.

Los cuentos de Andersen llegan por igual al corazón de niños y adultos. El propio poeta escribe: «Lo que más divierte a los niños es lo que yo denominaría la escenografía; el adulto, por el contrario, se interesa por la idea más profunda».

De la autobiografía de Andersen: *El cuento de mi vida* (1847).

La Reina de las Nieves

Primera historia:
El espejo y las esquirlas

Sucedió en cierta ocasión que el demonio estaba de un humor realmente excelente, y ello se debía a que aquel mismo día había conseguido fabricar un espejo muy especial. Un espejo que poseía la propiedad de hacer desaparecer, casi por completo, todo lo bueno y hermoso que en él se reflejaba, y que conseguía, además, que en él apareciese acentuado y más grande todo aquello que era completamente inútil o que ya de por sí era feísimo. Los paisajes más maravillosos tenían todo el aspecto de espinacas hervidas, y las personas más sensibles y cariñosas se convertían en antipáticas y repugnantes. Si uno tenía una pequeña peca en la cara y se miraba en este espejo, podía estar seguro de que la vería enorme, cubriéndole toda la nariz y la boca. Y si a alguien se le ocurría una buena idea, en el espejo sólo vería una risa de conejo, sardónica y maligna. ¡Había que ver cómo se divertía el diablo! Y el alumno que asistía a su escuela de magia diabólica, por-que también dirigía una escuela, explicaba luego por todas partes que había sucedido un verdadero milagro, porque sólo ahora, por fin, era posible ver y comprobar cómo eran de verdad el mundo y las personas. Los diablos corrían con el espejo por todo el mundo, y al final no hubo país ni persona que no se hubiese visto completamente falseado en él.

Pero aquellos maléficos espíritus deseaban también subir personalmente al cielo, para poder reírse allí de los ángeles y del buen Dios. Cuanto más alto volaban con el espejo, tanto más sarcásticas eran sus risas. Apenas podían sujetarlo. Volaban a más y más altura, y cada vez estaban más cerca de los ángeles y de Dios. Pero el espejo, por culpa de sus diabólicas risotadas, comenzó a moverse con tanta fuerza que se les fue de las manos y se estrelló contra el suelo, donde se quebró en cientos de pedacitos, o quizá más aún, de millones de pedacitos. Y fue a partir de ese momento, cuando más desgracias causó, muchas más que antes, porque algunos fragmentos del espejo no

eran mayores que un granito de arena y éstos volaron alrededor de todo el mundo. Pero dado que todos y cada uno de estos minúsculos fragmentos poseía exactamente el mismo poder que el espejo entero, al penetrar en los ojos de las personas, éstas lo veían todo del revés, o sólo veían lo negativo de la vida y de las cosas.

Estas diminutas esquirlas del espejo podían incrustarse también en el corazón de algunas personas, y esto fue, quizás, lo peor de todo; el corazón se transformaba entonces en un pedazo de hielo. Otros pedacitos del espejo se ocultaban en las gafas de las personas y si éstas se las colocaban para ver mejor, lo pasaban francamente mal.

El maldito diablo, de tanto reír, casi revienta, lo que para él no dejaba de ser como un cosquilleo muy agradable. Pero las diminutas esquirlas del espejo seguían volando por todo el mundo. Y siendo así ¡ahora veremos lo que sucedió!

En una gran ciudad vivían dos pobres niños, que no eran hermano y hermana, pero que se querían tanto como si lo hubiesen sido. Sus padres vivían en dos pequeñas buhardillas situadas una enfrente de la otra.

Delante de las ventanas habían sido instalados unos grandes cajones de madera y en ellos crecían y florecían unos rosales maravillosos. Como ambos cajones eran muy grandes, a los niños se les permitía muchas veces salir por la ventana y sentarse junto a los rosales. Allí podían jugar y ser felices.

Esta diversión, sin embargo, desaparecía con la llegada del invierno. Los cristales de las ventanas quedaban entonces totalmente cubiertos de hielo, pero entonces los niños calentaban unas monedas de cobre encima de la estufa y las arrimaban luego a la respectiva ventana helada. De esta forma fundían el hielo y conseguían una mirilla redonda, detrás de la cual podía verse cómo parpadeaba un ojo de Kay y otro de Gerda. Durante el verano, los niños, saltando de cajón en cajón, podían estar juntos, pero en invierno estaban obligados a bajar y subir muchas escaleras, pues la nieve lo cubría todo.

—Los copos de nieve son abejas blancas que forman enjambres —les dijo la abuela.

—¿Y tienen también una reina? —preguntó el pequeño Kay.

—¡Claro que la tienen! —dijo la abuela—. ¡Está volando siempre donde más denso es el enjambre! En ciertas noches de invierno vuela por las calles de la ciudad y mira a través de las ventanas. Es entonces cuando los cristales se hielan de forma tan caprichosa dibujando campos de flores.

—¿Y la Reina de las Nieves puede entrar aquí? —preguntó la pequeña Gerda.

—Deja que venga —dijo el muchacho—, yo la cogeré y la pondré encima de la estufa caliente para que se funda.

Por la noche, una vez en su casa, el pequeño Kay se subió a una silla colocada delante de la ventana y miró a través de la pequeña mirilla redonda. Afuera cayeron un par de

copos de nieve y uno de ellos, el más grande, se posó sobre el borde de uno de los cajones de flores: vio entonces cómo el copo de nieve crecía y crecía hasta convertirse al final en una Dama fabulosamente hermosa. Su vestido estaba hecho de millones y millones de copos en forma de estrellas. Con la cabeza y la mano le hizo un gesto a Kay. Éste, asustado, saltó de la silla. Y tuvo entonces la sensación de que un pájaro muy, muy grande, pasaba volando por delante de la ventana. El día siguiente amaneció claro y precioso, pero como hacía un frío terrible, todo estaba helado. Luego, una vez más, comenzaron a germinar los brotes verdes de las plantas, éstas retoñaron y muy pronto llegó el verano. Los rosales florecían más hermosos que nunca, y la pequeña Gerda cantaba:

La rosa florece y se marchita,
¡al Niño Jesús haremos una
[visita!

Los dos pequeños mantenían sus manos entrelazadas. Pero Kay, inesperadamente, exclamó:

—¡Au! ¡Noto unos pinchazos en mi corazón, y ahora también en los ojos!

Gerda se sobresaltó y quiso ayudarle, pero Kay, para tranquilizarla, le dijo:

—Ya no noto nada más. Creo que se han ido.

Pero no habían desaparecido. Se trataba de uno de aquellos granitos de cristal del espejo mágico. El corazón de Kay se transformaría muy pronto en un pedazo de hielo.

—¡No llores! —dijo ahora bruscamente—. Así estás feísima. ¿No ves que no me falta nada? ¡Además, aquella rosa está podrida y llena de gusanos, y aquel otro rosal está torcido! La verdad es que son unas rosas feísimas.

Dio un puntapié al cajón y luego arrancó los rosales.

Fueron transcurriendo los días y las semanas, y Kay iba cambiando poco a poco. Ya no quería seguir jugando con la pequeña Gerda, es más, incluso se burlaba de aquella muchacha que le quería de todo corazón. Un día de invierno apareció con su trineo, diciéndole a Gerda:

—Voy a jugar a la Plaza Grande, con los otros mucha-

chos. —Y se marchó rápidamente.

La Plaza Grande era muy divertida. Los muchachos más audaces ataban sus trineos a los carros de los campesinos y se dejaban arrastrar un rato. De repente apareció un trineo muy grande, conducido por una persona envuelta en un manto de pieles blancas. El gran trineo dio dos vueltas a la gran plaza y Kay, siempre despierto, consiguió sujetar su pequeño trineo al grande, creyendo que el viaje sería divertido. En un abrir y cerrar de ojos se dirigieron hacia la bocacalle siguiente y luego atravesaron la puerta de la ciudad. En este momento empezó a nevar intensamente y Kay quiso desatar su trineo, pues no deseaba continuar con aquella carrera detrás del trineo grande, pero le fue imposible. Gritó entonces con todas sus fuerzas, pero el gran trineo seguía volando. Sólo al cabo de mucho tiempo, el trineo, por fin, se detuvo y se puso de pie la persona que lo conducía. Era una señora alta y esbelta, de un blanco resplandeciente: era la Reina de las Nieves.

—¡Hemos viajado perfectamente! —dijo. Luego sentó a Kay a su lado en el pescante y lo abrigó con unas pieles—. ¿Tienes frío? —le preguntó, mientras besaba su frente.

¡Oh! ¡Este beso era más frío y penetrante que el hielo! Notó un intenso frío en el corazón, cuya mitad derecha ya se había convertido en un pedazo de hielo. La Reina de las Nieves besó una vez más a Kay y éste se olvidó entonces de Gerda, de la abuela y de todos los de su casa. El trineo volaba ahora por encima de bosques y lagos, por encima de países y de mares; un viento muy frío silbaba debajo de ellos, pero en las alturas brillaba una luna grande y clara, Kay se quedó embelesado, contemplándola durante toda la larga noche invernal. Pero durante el día dormía a los pies de la Reina de las Nieves.

Tercera historia:
El jardín de flores de la mujer
que empleaba encantamientos

Al comprobar que Kay no regresaba, Gerda estuvo llorando durante todo el invier-

no. La gente afirmaba que había muerto, que se había ahogado en el río.

Luego llegó la primavera.

—Kay ha muerto —dijo Gerda.

—¡Yo no lo creo! —respondió el rayo de sol.

—¡Ha desaparecido y está muerto! —dijo Gerda a las golondrinas.

—¡No lo creemos! —respondieron éstas, de forma que la pequeña Gerda, al final tampoco lo creyó.

—Me pondré mis nuevos zapatos rojos —dijo una mañana— y le preguntaré al río si sabe dónde está Kay.

Besó a la abuela y ella solita se dirigió hacia la orilla del río.

—¿Es cierto que me has robado a mi compañero de juegos? ¡Si me lo devuelves te regalaré mis zapatos rojos!

Se descalzó y arrojó los zapatos al río. Pero la corriente los depositó otra vez en la orilla. Gerda creyó entonces que no los había lanzado lo suficientemente lejos, así es que se encaramó a una barca que estaba amarrada entre los juncos y fue balanceándose de un extremo al otro de la barca para arrojar otra vez sus zapatos al agua, esta vez más lejos. Pero la barca, debido a los bruscos movimientos, se soltó de su amarre y empezó a alejarse de la orilla, deslizándose por la corriente. La pequeña Gerda se asustó muchísimo; empezó a gritar y a llorar, pero nadie, excepto los gorriones, podía escucharla. Y las aguas seguían empujando la barca corriente abajo...

«Podría ser que el río me conduzca hasta Kay» pensó Gerda al cabo de cierto tiempo y empezó a tranquilizarse y a recobrar su buen humor.

Llegó luego a un gran jardín poblado de cerezos, un maravilloso cerezal, donde había una casita con curiosas ventanas rojas y azules. El tejado era de paja y dos soldados de madera montaban guardia delante de la casa, además de saludar y presentar armas a todos los que pasaban por allí. Gerda los llamó y saludó. Vio entonces a una viejecita que, apoyada en su cachava, se acercaba para saludarla.

—¡Pobre niña! —le dijo la vieja—. ¿Cómo se te ha ocurrido dejarte arrastrar por esta corriente tan impetuosa?

Se aproximó más a la orilla y con la cachava arrastró la barca a tierra.

Gerda se alegró mucho de poder pisar otra vez tierra firme y seca, aunque no dejase de tener un poco de miedo de aquella mujer desconocida. Pero ésta le dijo:

—¡No temas, pequeña, ven conmigo y explícame quién eres y cómo has llegado hasta aquí!

Y Gerda se lo explicó todo.

La vieja no hacía más que mover la cabeza, afirmando una y otra vez que no había visto al pequeño Kay.

—Quizá venga todavía —añadió—, no te preocupes ni te aflijas demasiado. Come mientras tanto mis sabrosas cerezas y disfruta de estas maravillosas flores.

Mientras Gerda comía, la vieja le peinaba los cabellos con un peine de oro; y así fue como Gerda fue olvidándose

de Kay. Aquella mujer desconocida sabía emplear los encantamientos; pero no era una mala mujer, sólo deseaba privar a Gerda de la memoria para que permaneciese a su lado.

Por este motivo, se fue luego al jardín y con su cachavita tocó todos los rosales, los cuales se hundieron inmediatamente en la tierra. La vieja temía que Gerda, si veía las rosas, recordase las suyas, se acordase también del pequeño Kay y la abandonase. Y así fue como Gerda vivió día tras día en aquel maravilloso jardín.

Pero en cierta ocasión descubrió que la vieja llevaba una rosa prendida en la cofia. Empezó a saltar entonces entre los parterres, a buscar y rebuscar, pero no encontró ni un solo rosal y rompió a llorar desconsoladamente. Sin embargo, dio la casualidad de

que sus lágrimas fueron a caer, precisamente, sobre el lugar donde había enterrado un rosal. Éste brotó ahora con enorme fuerza, con más belleza si cabe que antes de hundirse en la tierra, y Gerda empezó a besar las flores y a recordar las rosas de su casa, y también recordó al pequeño Kay. Entonces preguntó al rosal:

—¿Dónde está Kay? ¿Es que ha muerto?

—No —respondieron las rosas—, y nosotras lo sabemos bien porque hemos estado enterradas; allí abajo están todos los muertos, pero Kay no estaba con ellos.

Gerda abrió entonces la puerta del jardín y, descalza como iba, echó a correr. El otoño vivía sus últimos días, aunque la muchacha en aquel hermoso jardín encantado, no se había podido percatar de ello.

Cuarta historia:
El Príncipe y la Princesa

El mundo estaba envuelto en una neblina gris y fría, y Gerda tenía necesidad de descansar pues sus pies estaban lastimados. Una corneja se sentó en la nieve, delante de ella, ya que era muy curiosa y deseaba saber qué es lo que hacía Gerda tan sola. Ésta empezó a explicarle su triste destino, pero preguntando al mismo tiempo a la corneja si había visto a Kay.

Y la corneja meneó pensativamente la cabeza a uno y otro lado, y le dijo:

—¡Podría ser! ¡Podría ser!

—¡Oh! ¿Estás segura? —dijo la muchacha. Y con sus besos y abrazos estuvo a punto de ahogar a la corneja.

—¡Has de ser discreta! —le dijo ésta—. Creo que lo sé. Por lo menos, me lo imagino. Pero lo más probable es que te haya olvidado por culpa de la Princesa.

—¿Es que vive con una Princesa? —preguntó Gerda.

—Sí. ¡Escucha! —dijo ahora la corneja—. En el reino en que ahora nos encontramos vive una Princesa extraordinariamente inteligente. Fíjate si es inteligente que ha leído todos los libros que hay en el mundo y luego los ha olvidado. Recientemente se decidió y, por fin, quiso elegir un esposo; éste no sólo había de ser muy distinguido, sino que tenía que estar en condiciones de hablar con gran elocuencia e inteligencia. Tan pronto como el país conoció la noticia, fueron muchos los pretendientes que acudieron a palacio. Todos hablaban con gran elocuencia, pero sólo mientras estaban en la calle, porque cuando comparecían ante el trono en el que se sentaba la Princesa, se sentían turbados e incapaces de articular una respuesta.

—¿Pero qué tiene que ver todo esto con Kay? —preguntó Gerda muy impaciente—. ¿Es que también él se presentó?

—¡Espera! ¡Espera! Esto sucedió el tercer día. Llegó al palacio un muchacho muy alegre, eso sí, sin caballo ni carruaje. Sus ojos brillaban, sus largos cabellos eran sedosos, preciosos, pero sus vestidos eran pobres.

—¡Este era Kay! —exclamó jubilosa Gerda.

—Y llevaba una pequeña mochila a la espalda —dijo la corneja.

—No, era su trineo, estoy convencida —respondió Gerda.

—Podría ser —dijo la corneja—, no me fijé demasiado. Pero lo decisivo fue, a fin de cuentas, que el muchacho era alegre e inteligente, y que hablaba con gran elocuencia. Por todo ello la Princesa lo quiso por esposo.

—Estoy segura de que éste era Kay —opinó Gerda—. Siempre ha sido muy inteligente. ¡Oh! ¡Condúceme inmediatamente al palacio!

La corneja la ayudó encantada. Solicitó la colaboración de su novia, una corneja muy dócil que vivía en el palacio. Por una escalera secreta condujo a la pequeña Gerda hasta el dormitorio de la Princesa. En el centro había dos lechos, parecidos a unos lirios, que pendían de un grueso tallo.

Uno de ellos era blanco y en él reposaba la Princesa; el otro era rojo y Gerda sólo pudo ver un cuello moreno en su interior.

—¡Kay! —exclamó Gerda.

Pero no era Kay quien allí dormía, sino un joven Príncipe. Gerda rompió a llorar amargamente y relató a la Princesa y al Príncipe su triste historia.

—¡Pobre muchacha! —dijeron ambos; el Príncipe abandonó el dormitorio para que Gerda pudiese reposar en su lecho.

Al día siguiente le entregaron valiosos vestidos, una carroza dorada, caballos y lacayos, y así es como una vez más se puso en camino para ir a buscar a su querido Kay.

Quinta historia:
La pequeña bandolera

La carroza viajaba en cierta ocasión a través de un bosque muy oscuro. Pero al brillar como el oro, atrajo la atención de unos bandoleros. Éstos salieron del bosque y asaltaron la carroza, sujetaron a los caballos, mataron al cochero y a los lacayos y obligaron a Gerda, por la fuerza, a descender de la carroza.

—Está bien llenita, estoy segura de que ha sido alimentada con muchas nueces —dijo la vieja bandolera—. Me la comeré enterita. ¡Seguro que su sabor es exquisito!

Pero intervino entonces la pequeña bandolera, quien inmediatamente exclamó:

—¡No y no! ¡Yo quiero que juegue conmigo! ¡Quiero que me entregue su manguito de piel y su bonito vestido, y que duerma conmigo en mi cama!

Y mientras pronunciaba estas palabras, empezó a chillar y a patalear hasta que logró imponer su voluntad. Luego sujetó a Gerda por la cintura, diciéndole:

—¡Mientras no seas mala conmigo, no quiero que te sacrifiquen! ¿No serás, quizás, una princesa?

—No —respondió Gerda, y le relató todas sus experiencias, diciéndole además lo mucho que deseaba encontrar al pequeño Kay.

La pequeña bandolera hizo un gesto afirmativo con la cabeza y, muy seria, le dijo:

—Pues no quiero que te maten, aunque yo me enfade contigo.

La muchacha bandolera condujo más tarde a Gerda a un rincón donde había montones de paja y unas alfombras. Encima de unos listones de madera y de unas ramas se posaban más de cien pájaros. Dos palomas silvestres permanecían encerradas en una jaula, mientras un reno, con un brillante anillo alrededor del cuello, estaba atado a una estaca.

—Todos estos animales me pertenecen —dijo la pequeña bandolera—, pero cuéntame ahora una vez más todo lo que sabes del pequeño Kay.

Y Gerda empezó de nuevo su relato. La muchacha bandolera, al poco tiempo, se quedó dormida, pero la pobre Gerda no podía conciliar el sueño, no se le cerraban los ojos, tenía miedo de los bandoleros que estaban sentados afuera alrededor del fuego.

Fue entonces cuando las palomas torcaces empezaron a hablar.

—¡Gurre! ¡Gurre! Hemos visto a Kay. Una gallina blanca tiraba de su trineo; él iba sentado en el pescante del carruaje de la Reina de las Nieves que volaba por encima de las coronas de los árboles.

—Pero, ¿qué estáis diciendo? —dijo Gerda excitada—

¿A dónde creéis que iba la Reina de las Nieves?

—Quizás a Laponia —dijo ahora el reno—. Allí tiene su tienda de verano, su palacio está en el polo norte.

A la mañana siguiente, Gerda le explicó a la pequeña bandolera todo lo que había averiguado, así es que ésta, después de reflexionar un poco, le dijo:

—Todos los hombres se han marchado, sólo mi madre está

aquí, pero al mediodía duerme la siesta; entonces haré algo por ti.

Y así fue. La pequeña bandolera habló largo y tendido con el reno, y luego le dijo a Gerda:

—Mi reno te conducirá hasta Laponia; conoce muy bien todos los rincones de aquel país. Pero, eso sí, yo me quedaré con tu manguito de piel; es verdaderamente encantador. A cambio te doy los gruesos guantes de mi madre. Además, aquí tienes dos panes y jamón.

Gerda dio las gracias a la pequeña bandolera, montó sobre el reno y éste emprendió veloz carrera, siempre a campo traviesa por bosques, pantanos y aldeas, y así llegaron a Laponia.

Sexta historia:
La lapona y la finesa

Se detuvieron delante de una casita que daba realmente lástima. En el interior estaba sentada una vieja lapona. Parecía estar cocinando algo en un hornillo de aceite de pescado.

El reno le relató la triste historia de Gerda.

—Pobres —dijo la lapona—. Tenéis aún un largo camino por delante. Más de cien millas os separan aún de las heladas tierras de Finlandia, y es allí donde vive la Reina de las Nieves. Aquí no tengo papel, pero escribiré unas palabras sobre este bacalao seco que se lo entregaréis a la finesa. Ella, mejor que yo, podrá facilitaros información más fidedigna.

Gerda había aprovechado este tiempo para calentarse un poco y reponer fuerzas para continuar; la lapona sujetó el bacalao seco al cuerpo del reno. Gerda le dio las gracias y montó otra vez sobre aquél. Viajaban ahora por los aires y durante toda la noche pudo admirar las más hermosas auroras boreales. Después llegaron, por fin, a la helada Finlandia, y Gerda, con los nudillos de la mano, golpeó contra la chimenea de la finesa, porque la casa de ésta no tenía puerta.

La finesa era una mujer bajita y sucia, que acogió muy bien a los dos y leyó en seguida aquello que la lapona había escrito sobre el pescado seco.

Tres veces lo leyó antes de aprendérselo de memoria; después introdujo el pescado en el puchero de la sopa, pues ahora ya se lo podían comer, y ella no tiraba jamás nada comestible. El reno le relató más tarde la historia de la pequeña Gerda; la mujer, mientras le escuchaba atentamente, parpadeaba con sus inteligentes ojos, pero sin decir ni media palabra.

—Tú eres una mujer muy inteligente —dijo ahora el reno—, ¿por qué no le infundes a la muchacha el valor y la fuerza de doce hombres para que pueda vencer a la Reina de las Nieves?

La finesa no contestó y fue a buscar una gran piel enrollada que allí mismo desenrolló. Encima de la piel aparecían escritas unas letras maravillosas. Pero el reno, una vez más, le suplicó, incluso Gerda miró a la finesa con unos ojos tan implorantes que ésta empezó a guiñar un ojo, rogando al reno que la acompañase a un rincón, donde le susurró al oído:

—Es cierto, el pequeño Kay está con la Reina de las Nieves. Todos sus deseos y caprichos son atendidos inmediatamente y él cree encontrarse en el lugar más hermoso del mundo. Los culpables de esta situación son un minúsculo pedacito de espejo que lleva clavado en el corazón y un diminuto granito de cristal incrustado en el ojo. Primero hay que extraérselos, de no hacerlo, nunca más será como las otras personas, y la Reina de las Nieves conservará todo su poder sobre él. Yo no estoy en condiciones de proporcionarle a Gerda una fuerza mayor de la que ya posee. ¿Es que no ves lo fuerte que ha sido hasta ahora? ¡Hasta las personas y los animales la obedecen! Esta es la fuerza que brota de un corazón puro. Si ella no está en condiciones de extraerle a Kay esas esquirlas de cristal, nosotros no podremos ayudarla. A dos millas de aquí comienza el jardín de la Reina de las Nieves, y hasta allí podrás acompañar a Gerda. ¡Déjala junto al gran arbusto de bayas rojas y regresa inmediatamente aquí!

La finesa sentó a Gerda sobre la espalda del reno y éste comenzó a galopar todo lo rápido que podía.

—¡Oh! ¡No llevo puestas mis botas! ¡También he olvidado los guantes! —exclamó la pequeña Gerda.

Pero el reno no se atrevía a detenerse. Siguió galopando hasta llegar al gran arbusto de bayas rojas, allí dejó a Gerda y, a toda velocidad, emprendió el camino de regreso a casa.

La pobre Gerda se había quedado completamente sola en la terriblemente fría Finlandia, sin botas y sin guantes. Vio entonces cómo se le enfrentaba un regimiento de copos de nieve; eran las avanzadillas de la Reina de las Nieves. Cada vez eran más grandes y terribles. Cada copo tenía todo el aspecto de un

puerco espín o de aves embrujadas, incluso de inquietantes espíritus malignos provistos de garras.

La pequeña Gerda no sabía qué hacer y en su desesperación rezó una oración. El frío era tan intenso que hasta podía ver su propio aliento que, como humo salía de su boca. El aliento fue haciéndose cada vez más espeso hasta convertirse en unos pequeños ángeles, y estos angeles empezaron a crecer tan pronto como sus pies rozaban la tierra.

Los ángeles, armados con largas lanzas, acometieron a los terribles copos de nieve, y éstos empezaron a romperse en innumerables pedazos. Gerda recobró ahora todo su valor y siguió firmemente su camino, siempre adelante. Los ángeles acariciaban sus manos y pies, así no notaba tanto el frío que hacía. Echó a correr en dirección al palacio de la Reina de las Nieves.

Pero, ¿qué hacía Kay mientras tanto? Lo cierto es que no pensaba ni un instante en Gerda y lo menos que podía imaginarse es que ella estuviese tan cerca y delante del palacio.

Séptima historia:
Del palacio de la Reina de las Nieves y de lo que allí más tarde sucedió

Las paredes del palacio habían sido construidas por los torbellinos de nieve, y las ventanas y puertas por los cortantes y gélidos vientos. En su interior había más de cien salones y el mayor se extendía a lo largo de muchas millas. Pero todo el palacio estaba vacío y fríamente iluminado por la brillante aurora boreal. En el centro de este interminable y vacío salón de nieve, había un lago helado, cuya superficie estaba rota en mil pedazos, cada uno de ellos idéntico a los otros; una verdadera obra de arte. Y era aquí donde Kay permanecía sentado, completamente solo. Debido al frío, el color de su cara y sus manos era azulado, pero él no notaba el frío, porque la Reina de las Nieves, con su beso, le había robado la posibilidad de tener escalofríos, y su corazón era ahora igual que un pedazo de hielo. Había amontonado algunos pedazos de hielo a sus pies e intentaba unirlos para modelar unas figuras. Mien-

31

tras contemplaba estos pedazos de hielo, pensaba y reflexionaba. Permanecía sentado con una rigidez tal que, quien lo viese, podía creer que estaba congelado. Fue entonces cuando Gerda entró en el palacio a través de la gran puerta de entrada y llegó al gran y helado salón. Vio a Kay, lo reconoció, corrió hacia él y lo abrazó con todas sus fuerzas, mientras exclamaba:

—¡Kay! ¡Querido Kay! ¡Por fin te he encontrado!

Pero él permanecía allí sentado, impasible y frío, y la pequeña Gerda rompió entonces a llorar y sus lágrimas, muy calientes, cayeron sobre su pecho, penetraron hasta su corazón, fundieron el hielo y destruyeron el pedacito de espejo. Gerda cantó entonces:

La rosa florece y se marchita,
¡al Niño Jesús haremos una
[visita!

Kay también rompió a llorar; y lloró tanto que el granito de cristal que tenía en el ojo fue arrastrado por las lágrimas y éste quedó limpio; entonces reconoció a Gerda y jubilosamente exclamó:

—¡Gerda! ¡Querida Gerda! ¿Pero dónde has estado durante todo este tiempo? ¿Y dónde he estado yo?

Luego miró a su alrededor.

—¡Qué frío y vacío está todo esto!

Se abrazó fuertemente a Gerda, ella se echó a reír y llorar de felicidad y alegría; todo era ahora tan maravilloso que hasta los pedazos de hielo que les rodeaban empezaron a bailar. Y Gerda besó sus mejillas, que cogieron color y enrojecieron; besó sus ojos, que inmediatamente brillaron como los suyos; besó sus manos y pies. Con todo esto, Kay había recobrado la salud.

Ambos se cogieron de las manos y lentamente abandonaron el palacio. Hablaban de la abuela y de los rosales en el tejado, y allí por donde pasaban, los vientos se encalmaban y el sol brillaba con fuerza. El reno, que los esperaba con impaciencia junto al arbusto de bayas rojas, los trasladó a la casa de la finesa, donde pudieron calentarse. Luego los condujo hasta la mujer lapona, quien les había cortado y cosido nuevos vestidos, y además les proporcionó un nuevo trineo. ¡Y prosiguieron el viaje! Encontraron también a la mu-

chacha bandolera, montada sobre un magnífico caballo. ¡Qué alegría más grande!

—¡Eres un buen sinvergüenza, vagabundeando por esos mundos de Dios! —le dijo a Kay—. Me gustaría saber si te mereces que ella, por culpa tuya, tenga que viajar hasta el fin del mundo.

Estrechó luego con fuerza las manos de ambos y prometió que los visitaría tan pronto fuese a la ciudad.

Kay y Gerda, cogidos de la mano, se despidieron de ella. Había llegado una primavera maravillosa, llena de flores y de color, doblaban las campanas y reconocieron la ciudad en que vivían. Abrieron la puerta lentamente y penetraron en la habitación de la abuela. Todo estaba como antes, todo permanecía exactamente igual. El reloj seguía con su eterno tictac y las manecillas seguían girando.

Y al entrar por la puerta comprobaron que habían dejado de ser niños. Los rosales florecían y las rosas asomaban por la ventana; allí estaban aún las sillitas de su infancia, y Kay y Gerda se sentaron, mientras mantenían entrelazadas sus manos.

Habían olvidado, como si solamente hubiese sido una terrible pesadilla, la vacía y helada suntuosidad del palacio de la Reina de las Nieves. Se miraron fijamente a los ojos y sólo ahora, de pronto, comprendieron aquella vieja canción:

La rosa florece y se marchita,
¡al Niño Jesús haremos una
[visita!

Y así permanecieron ambos sentados, adultos ya y, sin embargo, niños. Niños en sus corazones, y aquel verano resultó ser cálido, agradable y reparador.

El Soldadito de plomo

Éranse una vez veinticinco soldaditos de plomo, todos hermanos, porque todos ellos procedían de un antiguo jarrón de plomo. Sujetaban el fusil con el brazo, su rostro miraba fijamente al frente y su uniforme era rojo y azul. Y érase una vez un muchacho a quien, por ser el día de su cumpleaños, se los habían regalado. Levantó la tapa de la caja y, al ver a los soldaditos, dio unas palmadas y exclamó: «¡Soldaditos de plomo!». Estas fueron las primeras palabras que percibieron en este mundo. El muchacho, una vez más, dijo: «¡Soldaditos de plomo!» Luego los extrajo de la caja y los alineó en formación encima de la mesa. Cada soldadito era exactamente igual que el otro, aunque uno de ellos poseía una sola pierna; quizá había sido el último en ser colado y habría escaseado el plomo necesario. Pero él se mantenía tan firme y seguro sobre su única pierna como los otros sobre las dos. Y sería a este soldadito, precisamente, a quien le correspondería vivir las aventuras más singulares.

Encima de aquella mesa, sobre la que habían sido alineados los soldados de plomo, había otros muchos juguetes; pero el que más llamaba la

atención era un precioso palacio de papel, primorosamente recortado. Las banderas ondeaban en lo más alto del tejado y a través de las muchas ventanitas era posible echar una mirada a los salones interiores. Delante del palacio se alineaban unos esbeltos arbolitos, y entre ellos había un pequeño espejo, con todo el aspecto de un lago de aguas cristalinas. En sus aguas, y reflejándose en ellas, nada-

ban unos cisnes de cera. Todo aquello era realmente maravilloso, pero lo más hermoso de todo era una pequeña bailarina que aparecía enmarcada por la gran puerta abierta del palacio. Parecía como si quisiese abandonar el palacio para, con sus saltitos, irse aproximando. También ella había sido recortada de papel, pero llevaba una faldita de hilo claro y sobre sus hombros se agitaba una pequeña y estre-

cha cinta azul, parecida a un chal, que, en medio mismo, llevaba como adorno una rosa brillante, tan grande como toda su carita. La muchacha extendía sus brazos, porque era una buena bailarina; y luego levantó tanto la otra pierna que quedó cubierta por la faldita. El Soldadito de plomo no conseguía ver esta otra pierna y llegó a creer que también a ella le faltaba una. «Esta sería la mujer ideal para mí» pensó, «pero es muy distinguida. Vive en un palacio, mientras yo sólo poseo una caja de cartón, donde vivimos veinticinco, ¡eso no es una vivienda para ella! Pero me encantaría conocerla.».

Encima de la mesa también había una tabaquera, y creyó que podría ser un buen lugar donde ocultarse. Se colocó, cuan largo era, detrás de ella, y desde este lugar pudo observar a placer a la pequeña y grácil bailarina, quien seguía manteniéndose firme sobre una sola pierna, sin perder para nada el equilibrio.

Una vez hubo anochecido, y antes de que tanto el niño de la casa como toda su familia se fuesen a dormir, todos los soldaditos de plomo fueron depositados otra vez en la caja. Pero hacia la medianoche, todos los juguetes comenzaron a moverse y a jugar unos con otros. Jugaban a «Invitación a palacio», o a «Librar una batalla», o a «Lanzarse la pelota». Los soldaditos de plomo alborotaban en el interior de su caja de cartón, porque también ellos deseaban jugar con los otros, pero no conseguían levantar la tapa. El cascanueces daba alegres volteretas, el pizarrín dibujaba divertidas figuras sobre la pizarra; dicho en pocas palabras: allí reinaba tal jolgorio que hasta el canario se despertó y empezó a discutir con ellos. Hablaba con gran elocuencia y en verso, y de vez en cuando hasta cantaba.

Los únicos que no se movían eran el Soldadito de plomo y la bailarina: ella se erguía sobre las puntas de los dedos del pie y mantenía los brazos extendidos, pero también él se mantenía firme sobre su única pierna sin apartar los ojos, en ningún instante, de ella. En el reloj dieron ahora las doce y: ¡plaff!, en este mismo instante se abrió la tapa de la tabaquera (que no contenía tabaco por ser un objeto artístico y valioso) y de ella surgió, de un brinco, un duendecillo.

—¡Soldadito de plomo! —dijo el duendecillo, mientras se bamboleaba sobre su muelle helicoidal—. ¡Soldadito de plomo, no pongas tu mirada en aquello que no es para ti!

Pero el Soldadito de plomo se hizo el sordo, como si nada hubiese escuchado.

—Pues espera a mañana y verás —dijo el duendecillo, antes de introducirse nuevamente en su tabaquera.

A la mañana siguiente y después de haberse levantado, los niños cogieron al Soldadito de plomo y lo colocaron en la ventana. De repente, ésta (¿había sido el duendecillo o una corriente de aire?) se abrió de par en par y el Soldadito cayó desde el tercer piso a la calle. ¡Qué caída más horrorosa! Pero el Soldadito logró extender su pierna hacia arriba y así permaneció cabeza abajo, con la bayoneta clavada en el suelo entre dos adoquines.

El muchacho y la criada bajaron inmediatamente a la calle para buscarlo. Estuvieron muy cerca, muchísimo, casi, casi lo pisan, pero no lo vieron y regresaron a casa sin haber logrado su propósito. ¿No habría sido mejor que el Soldadito de plomo hubiese gritado solicitando ayuda? «¡Aquí estoy yo!», tendría que haber gritado, y entonces lo

habrían encontrado. Pero él, por llevar uniforme, no creyó conveniente gritar en voz alta. Y por eso permaneció callado.

Y ahora empezó a llover; las gotas de agua eran cada vez más gruesas y frecuentes, hasta convertirse finalmente en un aguacero. El agua aumentaba de caudal y discurría por encima de los adoquines hasta embalsarse en los charcos.

Cuando terminó el chubasco, dos chiquillos descubrieron al Soldadito. «¡Fíjate!», gritaron, «¡aquí hay un soldadito de plomo, esto sí que es un juguete bonito. ¿Qué te parece si lo hacemos navegar en un barco para que pueda viajar por el mundo?».

Dicho y hecho. Doblaron las hojas de un periódico y confeccionaron un barquito, co-

locaron al Soldadito en su interior y lo depositaron en el agua. El Soldadito de plomo, ahora a bordo de su maravilloso barquito, navegaba a lo largo del arroyo, mientras los chiquillos corrían a su lado, divirtiéndose muchísimo.

La lluvia, al arreciar, había convertido el riachuelo en una verdadera corriente de aguas tumultuosas; el barquito de papel se balanceaba arriba y abajo, y a veces giraba con tanta rapidez que el Soldadito de plomo temblaba. Pero se mantuvo erguido y firme y continuó mirando al frente y sujetando el fusil con el brazo. El barquichuelo, de repente, se introdujo por debajo de un largo puente; estaba tan oscuro que creyó encontrarse otra vez en el interior de su caja. «¿Pero dónde me querrá llevar este barquito?» pensó. «¡El duendecillo es el culpable de todo! ¡Pobre de mí! ¡Si la pequeña bailarina estuviese conmigo podría soportar incluso el doble de oscuridad que ahora!»

A la embarcación se le había ido aproximando mientras tanto una gran rata de agua que vivía debajo del puente.

—¡Alto! ¿Quién está ahí? —gritó la rata—. ¿Tienes pasaporte? ¡Enséñamelo!

Pero el Soldadito mantuvo la boca cerrada y, con más fuerza si cabe, sujetó su fusil.

La pequeña embarcación navegaba sin detenerse, y la rata se deslizaba detrás suyo, mientras resoplaba y gritaba a las virutas de madera y pajas que flotaban de acá para allá:

—¡Detenedle! ¡Detenedle! ¡No me ha enseñado su pasaporte! ¡Tampoco ha pagado aduana! ¡Tiene prohibido proseguir el viaje!

Pero la corriente era cada vez más impetuosa, y el Soldadito de plomo ya empezaba a divisar, desde el lugar que ocupaba, un poco de claridad, concretamente allí donde terminaba el puente. Sin embargo, su oído también percibió al mismo tiempo un sonido espantoso, una especie de zumbidos y de estrépitos capaces de infundir terror y pavor al hombre más valiente. Ello era debido a que la alcantarilla llegaba a su fin, y para el soldadito de plomo esto era tan peligroso como lo sería para nosotros descender con una lancha por una gran catarata.

Se encontraba ya tan cerca del precipicio que le era imposible detenerse. La embarcación de papel proseguía su rumbo y el Soldadito de plomo se mantenía todo lo erguido que sus fuerzas le permitían; no quería que nadie le echase posteriormente en cara que sus ojos habían reflejado el miedo que sentía. Arrastrado por aquellos remolinos, el bar-

quito giraba ahora continuamente; estaba inundado de agua hasta la borda y al Soldadito de plomo le llegaba hasta el cuello; la embarcación, mientras tanto, iba zozobrando y el papel se deshacía; el agua ya cubría la cabeza del Soldadito de plomo. Fue en estos instantes, precisamente, cuando pensó en la pequeña y encantadora bailarina, a la que nunca más volvería a ver, y recordó una triste canción militar:

¡Navega, navega pobre sol-
                      [dadito,
la muerte, la muerte será tu
                      [sino maldito!

El papel mojado, completamente reblandecido, se desgarró y el Soldadito de plomo iba a ahogarse, pero, en aquel instante, un enorme pez se lo tragó.

¡Madre mía! ¡Vaya oscuridad que reinaba en el interior de aquel cuerpo! Estaba más oscuro que debajo del puente. Y además, esto era más estrecho. Pero el Soldadito de plomo conservó su porte marcial y permaneció estirado en el estómago del pez, sujetando el fusil con el brazo. El pez nadaba de aquí para allá, hacía unos movimientos terribles, hasta que, finalmente, se tranquilizó. De repente se abrió una rendija por la cual penetraba la luz y una voz potente exclamó: «¡El Soldadito de plomo!»

El pez había sido capturado, llevado al mercado, allí había sido vendido, hasta llegar a la cocina donde la cocinera lo había abierto con un gran cuchillo. Primero quedó perpleja, pero luego cogió al Soldadito y lo llevó al salón. Quería que todos viesen al curioso hombrecito que había estado viajando en el estómago de un pez.

Lo colocaron de pie encima de la mesa y, de repente, constató (¡hay que ver las cosas cu-

riosas que pueden suceder en este mundo!) que se encontraba en la misma habitación en que había estado anteriormente.

Vio a los mismos niños y los mismos juguetes; sobre la mesa estaba el maravilloso palacio y delante del mismo se encontraba la graciosa y pequeña bailarina. Seguía bailando sobre una pierna, mientras levantaba la otra al aire. ¡También ella había sa-

bido mantenerse firme! Este hecho conmovió al Soldadito y estuvo a punto de derramar unas lágrimas de plomo, pero él no podía llorar, no estaría bien visto.

Él la miró, ella nada le dijo.

Uno de los niños, sin decir ni media palabra, cogió al Soldadito de plomo y lo arrojó al fuego que chisporroteaba en la chimenea; el culpable de todo había sido, una vez más, el duendecillo que se oculta-

ba en la tabaquera. El fuego de la chimenea lo iluminaba y lo deslumbraba, y luego sintió un calor realmente terrible. Pero lo que ignoraba era si éste se debía realmente al fuego o a su amor. De su cuerpo se habían desprendido ya los colores. ¿Los había perdido durante el viaje o había sido su tristeza la culpable de esta pérdida? Miró a la bailarina, ella le devolvió la mirada, y él notó que se estaba fundiendo.

Pero todavía se mantenía firme. La puerta, inesperadamente, se abrió y el viento arrastró a la pequeña bailarina que, cual mariposa, voló también hacia la chimenea, cayendo al lado del Soldadito de plomo y ardiendo inmediatamente; había desaparecido para siempre.

El Soldadito de plomo se fue fundiendo hasta convertirse en una masa compacta. A la mañana siguiente, al limpiar la ceniza de la chimenea, la criada lo encontró convertido en un pequeño corazón. De la bailarina sólo había sobrevivido, aunque totalmente carbonizada, una lentejuela en forma de rosa.

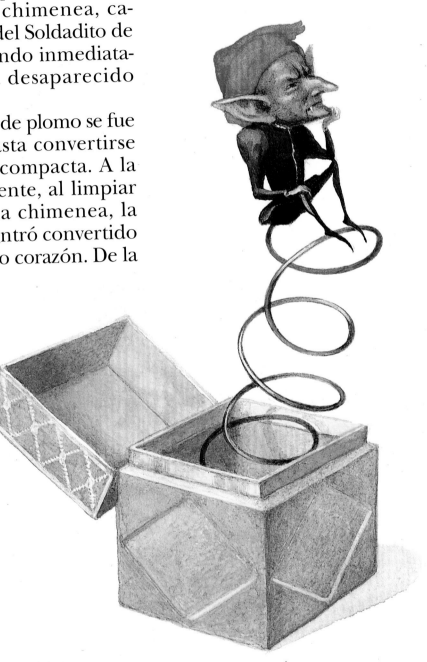

El porquerizo

Érase una vez un Príncipe que poseía un reino muy, muy pequeño, pero que, por otra parte, era lo suficientemente grande como para que el Príncipe pudiese casarse. Y este Príncipe quería contraer matrimonio, lo deseaba fervientemente.

Sin embargo, no dejaba de ser un poco atrevido que fuese él, precisamente, quien quisiera preguntar a la hija del Emperador: «¿Desearías ser mi esposa?»

Pero él, a pesar de todo, quería arriesgarse, porque su nombre era famoso en todas partes y había cientos de princesas que, encantadas e inmediatamente, le habrían concedido su mano, casándose con él para irse a vivir a su pequeño reino.

¿Lo haría también la hija del Emperador?

Pues vamos a comprobarlo.

Sobre la tumba del padre del Príncipe crecía un rosal, un hermosísimo rosal. Y cada cinco años florecía una única rosa, pero que no era como las otras; su fragancia era tan suave que quien la aspiraba se olvidaba inmediatamente de sus preocupaciones y aflicciones.

Y el Príncipe poseía además un ruiseñor que cantaba divinamente, como si su pequeña y delicada garganta albergase las más bellas melodías.

El Príncipe quiso obsequiar a la Princesa con esta rosa y este ruiseñor. Introdujo cada uno de ellos en un gran estuche de plata y unos mensajeros se encargaron de llevarlos a palacio, para que los entregasen a la Princesa. El Emperador seguía los pasos de una comitiva que solemnemente trasladaba aquellos presentes al salón donde la Princesa estaba jugando con sus damas de honor. Al ver aquellos grandes estuches de plata, se alegró muchísimo y empezó a aplaudir con las manos.

—¡Cuánto me gustaría que fuese una pequeña gatita! —dijo, pero al abrir el estuche quedó inmediatamente embriagada por la maravillosa y suave fragancia de la rosa.

—¡Oh! ¡Qué bien hecha está! ¡Es muy bonita! —dijeron todas las damas de honor.

—Es mucho más que bonita —terció el Emperador entu-

siasmado—, ¡es realmente fascinante!

Pero la Princesa empezó a acariciarla con las yemas de sus dedos y casi estuvo a punto de romper a llorar.

—¡Qué asco, papá! —dijo—. ¡No es artificial, es una rosa natural, es de verdad!

Y, muy enojada, arrojó violentamente la maravillosa rosa al suelo.

—¡Qué asco! —corearon también las damas de honor—. ¡Es una rosa natural!

Para ellas, una rosa natural era algo muy poco distinguido, porque rosas de verdad las había en todas partes. Sin embargo, ninguna de ellas se había molestado en comprobar el extraordinario perfume que despedía precisamente esta rosa, y nadie la levantó del suelo. Una sirvienta la arrojaría más tarde a la basura.

—Dejadnos ver lo que contiene el otro estuche, antes de que volvamos a enfurecernos todos —intervino el Emperador.

Con sumo cuidado abrieron el otro estuche, y entonces apareció el ruiseñor.

Dos pajes recibieron el encargo de ir a buscar un soporte de oro provisto de un aro, y uno de ellos depositó al pájaro sobre aquél.

Aunque su aspecto no era realmente muy vistoso, la verdad es que el ruiseñor cantaba con tal incomparable armonía que nadie se atrevió a decir nada malo de él.

Las damas de honor escuchaban embelesadas, el Emperador, emocionado, colocó ambas manos sobre su pecho, y la Princesa, con gran recogimiento, se sentó lentamente en un sillón, y no dijo ni una sola palabra.

—¡Superbe! ¡Charmant! —dijeron luego las damas de honor, porque todas hablaban francés, aunque si una lo pronunciaba mal, la otra lo hacía peor.

Con estas palabras querían dar a entender que el canto del ruiseñor había sido sencillamente maravilloso y encantador. La armoniosa voz del ruiseñor pudo escucharse en todo el palacio, y fueron cada vez más los oyentes que allí se congregaron, entre ellos el gran Mayordomo de palacio y los ministros, el ayuda de cámara del Emperador y las camareras de la Princesa.

—¡Cómo me recuerda este pájaro la cajita de música de la Emperatriz, que en paz descanse! —dijo un viejo ministro.

—Es cierto, es exactamente el mismo tono, la misma melodía —dijo otro.

—Sí —afirmó ahora el Emperador, mientras se deshacía en lágrimas como un niño pequeño, porque recordaba a su buena y querida esposa, fallecida hacía ya algunos años.

La princesa, de repente, exclamó:

—Tengo la impresión de que este pájaro canta como si estuviese vivo. ¿No será otra vez un pájaro de verdad?

El Emperador preguntó a los mensajeros que habían traído la rosa y el ruiseñor.

—Pues, sí, es un pájaro de verdad —dijeron éstos.

—En este caso, dejadlo volar —ordenó la Princesa. Y no quiso autorizar, de ninguna de las maneras, que el Príncipe viniese a verla. Los criados recibieron la orden de abrir las ventanas y el ruiseñor pudo volar hacia la libertad.

Las damas de honor dijeron entonces:

—Este Príncipe ha de ser muy inculto y muy mal educado para obsequiar a la Princesa con una rosa natural y un ruiseñor de verdad.

Pero el Príncipe, a pesar de estas desventuras, no se dejó intimidar. Se pintó el rostro de un color terroso, se encasquetó el sombrero hasta las cejas y con los nudillos de la mano llamó a la puerta del palacio.

Quiso la casualidad que fuese el Emperador en persona quien abriese la puerta. El Príncipe saludó con el sombrero y le dijo:

—¡Buenos días, señor Emperador! ¿No tendríais algún trabajo para mí aquí en palacio?

—Pues..., no lo sé —respondió el Emperador—, son muchos los que vienen a solicitar trabajo e ignoro si hay trabajo para ti. Pero te prometo que pensaré en ti, aunque, ¡espera!, se me ocurre ahora que necesito a alguien que sea capaz de cuidar de mis cerdos, porque aquí tenemos muchos, muchos cerdos.

Y así fue como el Príncipe se convirtió en el porquerizo imperial. Le asignaron un miserable y minúsculo cuartucho al lado mismo de la pocilga, allí tuvo que vivir desde ese momento. Trabajaba durante todo el día, y por las noches se dedicaba a fabricar un pequeño puchero rodeado de alegres cascabeles; tan pronto como el puchero rompía a hervir, todos los cascabeles empezaban a sonar y a tocar la vieja melodía:

Yo bien pude ser casada,
mas de amores moriré...

Pero aquel puchero también sabía hacer otras muchas cosas, por eso era un puchero muy peculiar. Si uno introducía el dedo en el vapor que desprendía al hervir, inmediatamente podía oler qué comidas se estaban cocinando en todas y cada una de las cocinas de la ciudad. En casa del

gran Sastre Imperial cocinaban aquel día salchichas fritas; la esposa del Cazador Imperial estaba asando una perdiz que su esposo había ocultado de las piezas cobradas durante la última gran cacería; las patatas brincaban en el agua que hervía en el puchero del zapatero, y en casa del maestro de escuela, que hoy celebraba su cumpleaños, preparaban estofado de gallina. Y, fijaos bien, el pordiosero, aquel que cada día iba a pedir limosna a palacio, hervía un buen pedazo de jugosa carne en la sopa, y para postre tenía jalea roja de sémola. Sí, era verdad, aquel puchero era realmente muchísimo más valioso que la rosa natural y que el ruiseñor de verdad.

Pero sucedió un día que la Princesa, acompañada de todas sus damas de honor, paseaba tranquilamente por aquel lugar, cuando, inesperadamente, escuchó aquella bella melodía que le agradó tanto que hasta se detuvo. Recordó entonces que también ella sabía tocar aquella melodía: «Yo bien pude ser casada...». Y era cierto, era la única canción que sabía tocar, y que tocaba además con un solo dedo.

—¡Pero si es la melodía que sé tocar! —dijo entusiasmada—. Este porquerizo ha de ser una persona muy instruida. Escuchad: id y preguntadle lo que cuesta ese instrumento. Desearía que fuese mío.

Una de las damas de honor recibió el encargo de hablar con el porquerizo, pero, por si acaso, se calzó unos zuecos de madera; ¡había tanta porquería en la pocilga de los cerdos!

—¿Qué pides por ese puchero? —preguntó la dama de honor, mientras se tapaba la nariz con los dedos y saltaba de un pie al otro, creyendo que así evitaría pisar la porquería que había en la pocilga.

—Quiero a cambio diez besos de la Princesa —respondió el joven porquerizo.

—¡Dios me libre! —dijo la dama de honor, que estuvo a punto de desmayarse al oír tamaña pretensión.

—Pues, por menos no lo haré; este puchero no deja de ser un puchero muy peculiar —respondió el porquerizo.

La dama de honor regresó al lado de la Princesa.

—Bueno, dime, ¿qué te ha dicho? —preguntó ésta.

—Pues..., no me atrevo a decírselo —respondió la dama de honor.

—¡Está bien, susúrramelo al oído!

Pero al averiguar lo que exigía el porquerizo, la Princesa exclamó:

—¡Es un impertinente y un malcriado! —y se alejó de allí.

Pero después de alejarse un poco, escuchó una vez más

los cascabeles que tocaban la melodía:

Yo bien pude ser casada,
mas de amores moriré...

—¡Escuchad! ¡Preguntadle al porquerizo si quiere esos besos de mis damas de honor!

—¡No, muchas gracias! —respondió el porquerizo—. He

dicho que quiero diez besos de la Princesa, o me quedo con el puchero.

—¡Hay que ver lo aburrido que es este tira y afloja! —dijo la Princesa—. Está bien, vosotras me rodearéis para que nadie pueda ver lo que estoy haciendo.

Las damas de honor rodearon a la Princesa, extendieron sus faldas y la ocultaron; el porquerizo recibió los diez besos que había solicitado y el puchero fue para la Princesa.

¡Qué alegría más grande! El puchero tenía que estar hirviendo ahora durante todo el día; no había cocina en toda la ciudad que no delatase lo que estaba cocinando, tanto si era la del gran Mayordomo como la del zapatero o la del sastre. Las damas de honor aplaudían y bailaban:

—Sabemos perfectamente quién comerá hoy sopa y tortilla, y sabemos también quién comerá carne asada y natillas de postre. ¡Qué interesante es todo esto!

—¡Muchísimo! —dijo con entusiasmo la esposa del gran Mayordomo.

—Sí que lo es, pero habéis de guardar el más absoluto se-creto; recordad que soy la hija del Emperador.

—Lo comprendemos y lo prometemos —dijeron todas.

El porquerizo, es decir, el Príncipe —ellas ignoraban que él fuese un Príncipe—, no desaprovechó el tiempo y construyó un juego de campanillas. Tan pronto como se le agitaba empezaban a sonar todos los valses y escocesas de este mundo.

—¡Maravilloso! —exclamó la Princesa al pasar un día por allí—. Nunca he escuchado música más preciosa. Escuchad, id y preguntadle cuánto cuesta ese instrumento; pero quiero que quede bien claro: yo no volveré a besarle.

—Pues esta vez quiere cien besos de la Princesa —dijo al regresar la dama de honor encargada de ir a preguntárselo.

—¡Me parece que está completamente loco! —dijo la Princesa, y se alejó. Pero se lo pensó mejor y al poco tiempo volvió sobre sus pasos.

—¡Hay que hacer algo por el arte! —dijo ahora—. ¡No puedo ni debo olvidar que soy la hija del Emperador! Dile que le daré diez besos, los mis-

mos que la última vez, pero
que el resto los recibirá de mis
damas de honor.

—¡Ayayay! ¡Es que es tan de-
sagradable! —exclamaron a
coro las damas de honor.

—Eso no son más que ha-
bladurías —intervino la Princesa—, si yo puedo besarle,
también lo podéis hacer vosotras. ¡Pensad que soy yo quien
os alimenta y paga!

Y las damas de honor, les gustase o no, tuvieron que acompañarla hasta la pocilga.

—Cien besos de la Princesa —repitió él—, o cada uno se quedará con lo suyo.

—¡Rodeadme otra vez! —ordenó la Princesa.

Y las damas de honor la ocultaron una vez más, como ella había ordenado, y el porquerizo empezó a besar a la Princesa.

—¿Pero qué barullo se ha organizado allí delante de la pocilga? —preguntó el Emperador, quien había salido al balcón para respirar un poco de aire fresco. Se frotó los ojos y se caló las gafas—. ¡Pero si son las damas de honor quienes arman este infernal ruido! ¡Tengo que ir a ver lo que sucede!

¡Había que ver cómo salió corriendo!

Pero tan pronto llegó al patio, caminó cautelosa y silenciosamente de puntillas, pues quería sorprenderlas; y las damas de honor estaban tan ocupadas con contar los besos, porque querían que todo sucediese correctamente, que no se dieron cuenta de la llegada del Emperador.

—¿Pero qué significa todo esto? —dijo éste de repente al ver que la Princesa estaba besando al porquerizo, y con su zapatilla golpeó la cabeza de la Princesa, precisamente en el momento en que ésta

daba el beso número ochenta
y seis.

—¡Alejaos de mi vista! —ordenó el Emperador, enfureci-
do, y desterró de su imperio a
la Princesa y al porquerizo.

La Princesa se encontró
ahora sola y abandonada, y
rompió a llorar. El porquerizo, por su parte, se desató en
improperios. Y, mientras esto
sucedía, llovía a cántaros.

—¡Ay! ¡Pobre de mí! —dijo
ella—. ¡Por qué no haría yo
caso a mi padre y me casaría
con el hermoso Príncipe!
¡Qué desgraciada soy!

El porquerizo, mientras
tanto, se había ocultado detrás
de un árbol y lavado el rostro
con el agua de lluvia. Luego
se había desprendido de sus
sucios vestidos, presentándo-
se ahora con toda la magnifi-

cencia propia de un Príncipe; era tan hermoso que la Princesa, muy sorprendida, hizo inmediatamente una reverencia.

—Ahora sé que mereces todo mi desprecio —dijo él—. Tú no aceptaste a un Príncipe honrado, no fueron tampoco de tu agrado ni la rosa ni el ruiseñor, pero sí creíste que, para divertirte, podías besar al porquerizo; ¡pues esto es lo que has salido ganando!

Y una vez hubo pronunciado estas palabras, le dijo adiós para siempre y regresó a su reino, mientras ella se quedó allí sola, abandonada, pudiendo cantar ahora aquello de:

Yo bien pude ser casada,
mas de amores moriré...